자음 모음 놀이

푸른사상 동시선 17

자음 모음 놀이

인쇄 · 2014년 9월 11일 | 발행 · 2014년 9월 15일

지은이 · 서향숙
펴낸이 · 한봉숙
펴낸곳 · 푸른사상
주간 · 맹문재 | 편집 · 지순이 | 교정 · 김소영

등록 · 1999년 7월 8일 제2-2876호
주소 · 서울시 중구 충무로 29(초동) 아시아미디어타워 502호
대표전화 · 02) 2268-8706(7) | 팩시밀리 · 02) 2268-8708
이메일 · prun21c@hanmail.net / prunsasang@naver.com
홈페이지 · http://www.prun21c.com

ISBN 979-11-308-0282-4   04810
ISBN 979-11-308-0037-0   04810 (세트)

값 9,900원

　이 도서의 국립중앙도서관 출판시도서목록(CIP)은 서지정보유통지원시스템 홈페이지(http://
seoji.nl.go.kr)와 국가자료공동목록시스템(http://www.nl.go.kr/kolisnet)에서 이용하실 수 있습니다.
(CIP제어번호 : CIP2014026417)

푸른사상
동시선

17

자음 모음 놀이

서향숙 동시집

푸른사상
PRUNSASANG

동심을 지닌 저는 어릴 적 한글의 자음(닿소리)과 모음(홀소리)을 선생님께 배워가면서 무척 뿌듯해하며 가슴이 설레었습니다.

어른이 되어 교단에서 오랫동안 아이들을 가르치며 동시를 써오면서 아름다운 한글의 자음과 모음, 국제어인 영어의 알파벳까지 소재로 하여서 글을 써보리라 마음먹고 작품을 쓰게 되었습니다. 하지만 생각과 다르게 작품 창작은 정말 어려운 일이었기에 오랜 기간에 걸쳐 한 편씩 써왔습니다.

어린이들이 이 동시집을 읽기 전에 꼭 알아야 할 사항들을 일러드리겠습니다.

★ 하나 — 세종대왕이 1446년 한글을 창제하여 반포한 이유는 우리 민족은 옛날부터 우리말을 쓰고 있었으나, 우리 글자가 없었기 때문입니다. 그래서 중국의 한자를 사용하여 왔으나, 배우기 어렵고 우리말로 표현하기도 어려웠습니다. 세종대왕은 우리말에 알맞고 백성들이 쉽게 배울 수 있는 훈민정음(백성에게 가르치는 올바른 소리)을

만들었습니다.

★ 둘 — 한글의 역사적 가치는 과학적이고 독창적입니다. 외국말보다 배우기가 훨씬 쉬우면서 더 많은 단어를 나타낼 수 있습니다. 훈민정음, 즉 한글은 1997년 10월 유네스코 세계 기록 유산으로 등록되었습니다.

★ 셋 — 훈민정음은 소리글자로써 매우 과학적인 원리에 의해 만들어진 28자 글자입니다.

1) 초성(자음) — 발음기관을 본떠 ㄱ, ㄴ, ㅁ, ㅅ, ㅇ의 기본 글자에 획을 더하여 17자를 만들었습니다.

2) 중성(모음) – 하늘, 땅, 사람을 기본으로 하여 ㅡ, ㅣ를 만들고 위아래와 좌우로 어울려 11자를 만들었습니다.

3) 종성 — 초성을 다시 썼습니다.

훈민정음에서 없어진 글자는 자음에서 ㆁ(옛이응), ㆆ(여린히읗),

ᅀ (반치음)과, 모음에서 ㆍ(아래아)의 4글자입니다.

★ 넷 — 주시경 선생님은 한글을 아끼고 보존하고자 노력했던 국어 학자로서 우리말 쓰기 운동을 펼치고, 훈민정음을 세계에서 으뜸가는 글이라는 한글로 이름을 바꾸었습니다.

결론적으로 요즘 아이들이 쓰는 한글 사용에는 적절한 지도가 필요합니다. (예, 베프, 헐, 대박, 레알, 깜놀, 멘붕, 당근 등……)

학교에서뿐만 아니라 가정과 사회에서, 인터넷상에서 어린이들이 올바른 한글을 사용하도록 선생님과 어른들이 적극적으로 지도해야 한다고 생각합니다.

우리 한글은 24개의 글자로 지구상에 존재하는 말소리를 11,172가지 기록할 수 있는 대단한 글자입니다.

특히 어린이들은 자랑스러운 한글을 올바르게 사용하면서 세계적으로 우수한 나라를 만들어가야겠지요? 그리고 국제어라고 볼 수 있는 영어 알파벳을 가지고 창작한 동시를 읽고 바른 영어 사용을 하여 세계화에 기여할 수 있었으면 좋겠습니다. 『자음 모음 놀이』 많이 사랑해주세요.

푸른사상사의 무궁한 발전을 기원하며, 한봉숙 대표님과 맹문재 교수님께 진심으로 감사의 말씀을 드립니다.

물빛 근린공원에서 지은이

| 차례 |

제1부

|자음 모음 놀이|

제2부

김현진 (살레시오초등학교 6학년 산반)

| 차례 |

제3부

이주송 (살레시오초등학교 6학년 산반)

콩콩콩 뛰어봐! 어깨동무한 마음

제 1부

ㄱ(기역)

친구 집 담장에
팔 걸치고
마당에서 놀고 있는
친구를 훔쳐보고 있다

담에 붙은 몸
낑낑대지만
떨어지진 않는다

쪼올깃 쪼올깃
찰떡같은 몸

쿵닥쿵 쿵닥쿵
좋아하는 맘.

김시연 (살레시오초등학교 6학년 산반)

ㄴ(니은)

뚝!
세 시에
멈춰 서버렸어

며칠째
우리 교실에서
고장 난 벽시계

세 시에 멈춰 선
시계 바늘

아이스크림 자꾸 사 달라고
벽에 등을 기댄 채
발 뻗고 우는
떼쟁이 내 동생과 똑같아.

ㄷ(디귿)

추운 겨울날 저녁

지하도 계단 아래에서
동전 통 앞에 놓고
웅크리고 앉아 있는
할아버지

어느새
내 마음도 웅크려져
불쌍한 할아버지가
한가득 들어차 버렸다

윙
윙
윙
매운 바람이 불어오는
내 마음속도
꼬옹꽁 얼어붙었다.

박서영 (살레시오초등학교 6학년 산반)

ㄹ (리을)

교실에서
맞붙어 싸움하다가
선생님께 혼난
식이와 민이

양손 앞으로 뻗고
무릎 꿇고 앉아
마주 보며 벌서고 있어

서로 벌 받는 모습
바라보다 말고
킥킥킥 나오는 웃음 참느라
용을 쓰고 있어
팔도 무릎도 아프지도 않나봐

아픈 무릎은
코옥콕 저려오는 슬픔 조각

꿇은 무릎은
스머얼 피어나는 웃음보따리.

ㅁ(미음)

─돌을 지니고 모양성을 돌면
일 년 내내 건강하다는
전설이 전해 내려온단다
아빠 얘기에 가슴이 설렌다

신바람 난 동생과 나
더덩실 더덩실
마음은 벌써 모양성을 달린다

성의 돌 위에서
톡톡톡 뛰어나오는
다급한 동생 목소리

창문 모양으로 뻥 뚫린
돌 성벽 속에 갇혀버린
동생 얼굴 본 순간

시간 이동을 하여

조선시대로 되돌아간 듯
간이 콩알만 해졌지
동생의 장난에.

* 고창읍성-모양성, 나주진관의 입암산성과 연계되어 호남 내륙을 방어하는 전
  초기지로 만들어냄. 방화로 소진되어 1976년 성곽과 건물 14동을 복원함.

ㅂ (비읍)

틈만 나면
다이어트하는
우리 누나!

내가 보기엔
날씬하기만 한데
더 살찌면 안 된다는 말
입에 달고 산다

무릎 꿇고
양손 앞으로 쭉 뻗어
방 벽에 살짝 붙이고 있는
다이어트 운동

날마다
공들여 하는 운동 땜에
늘씬한 미스코리아가 될까?

ㅅ(시옷)

건강한 정신 건강한 몸을 외치는
우리 아빠는
삼손의 힘을 가졌지

아침마다
백 개씩이나
팔굽혀펴기 하는 아빠

쭈욱 뻗은
그 모습
최고로 멋져 보여서
따라해 보지만
어림도 없다

포기하지 않고 노력하는 끈기를
칭찬해 주시는 아빠
닮고 싶다.

ㅇ (이응)

또옥
내가 떨어뜨린
물 한 방울

또오옥
단짝 승희가 떨어뜨린
물 한 방울

유리판 위에서
그만
한마음 된
물 두 방울

우리 몸은
물 두 방울
마알간 마음은
물 한 방울

그래!

콩콩콩 뛰어봐!
어깨동무한 마음.

최훈비 (살레시오초등학교 5학년 들반)

ㅈ(지읒)

호숫가에 나와
마알간 공기 마시며
아침 체조하는
우리 아빠
강아지 복실이도
따라 나왔어

―나라 사랑의 피겨 요정 김연아가
웅크리고 앉아서 뱅뱅 도는
모습 닮았지?

몸을 접은 연아
그러고도 한참을
돌고 도는데

아빠와 나도
흉내 내지만
숨이 차고 어지럽다
이른 아침에
슬그머니
접은 몸을 푼다.

ㅊ(치읓)

이름 쓰기 공부하는
다섯 살배기 동생

고개를 갸우뚱
이리저리 갸우뚱
실눈 뜨고 생각에 잠겼어

최동민 이름자는
어디로 사라지고
'ㅊ'만 공책 위에서
덩그마니 앉아있어

쓸쓸하게 우는 그 옆에서
따라 우는 동생

어서 글자를 배워
최동민
반듯하게 쓸 수 있어야지.

ㅋ(키읔)

양로원 뜰 앞에 나와서
떠오르는 아침 해를
지긋이 바라보는
허리 굽은 할머니

이빨 빠진
주름진 얼굴이지만
온 가득
떠오르는 해

짚고 있던 지팡이
쳐들고서
붉은 해 가리키는
허리 굽은 할머니

－할머니
기운 내셔요!

ㅌ(티읕)

–할아버지, 이상하게 생긴 그게
뭐예요?

–허허, 이건 쇠스랑이란 농기구지

참 신기하게도
할아버지가 지나간 논은
세 줄 반듯한 자국의 그림을
자도 없는데 길게 그려놓는다

밭을 가는 시골 할아버지를
바짝 뒤따라가는
쇠스랑

그림자마냥
졸졸 따라다니는
졸래졸래 그린
할아버지의 그림.

표(피읖)

학교가 들썩들썩
운동장을 온통 덮고 있는
응원소리

사학년 단체경기인
장애물 달리기 차례다

콩닥콩닥 가슴 졸이는
겁쟁이 은경이

-탕!
소리에 날쌔게 달려가는
친구들 뒤에
꼴찌로 끼어가는
미운 사다리 구멍

엄마도 보고 있는데……
너무도 부끄러워
땅속으로 숨고 싶은 마음

보기 싫은 구멍은
피할 수 없는 쥐구멍.

최지윤 (살레시오초등학교 5학년 들반)

ㅎ (히읗)

판본체 쓰기를 하는
미술시간

머리 따로
손 따로
마음 따로

붓을 직각으로 잡고
세워서 잘 쓰려 해도
삐뚤빼뚤 글씨

- '문화' 글씨를
이번엔 꼭 성공해야지

마음을 반듯하게 다잡고
쓴 글씨가 예쁘지 않다

-아이쿠, 때리고 싶은 'ㅎ'
넌 왜 말썽만 부리는 게지?

자꾸만 세계 손사래를 치는 청바지

제2부

ㅏ (아)

울보 동생은
목도 아프지 않나봐

하루 종일
울기만 하는 울보대장

허리가 아파도
울음만 터트리면
동생을 업어주는
우리 엄마

매미처럼 엄마 등에
착 달라붙으면
울음을 뚝 그친다

엄마 등에
점으로 붙은
울보 동생.

김민주 (살레시오초등학교 5학년 산반)

ㅑ (야)

1학년 친구인 상미와 수경이가
사이좋게 시소를 탔어

-야!
시소가 멈춰서잖아?

-우린 몸무게도 거의 같나봐

마음의 무게도
서로 같은 다정한 친구

깔깔거리는 웃음소리가
둘의 얼굴을 간질이며
동글동글 퍼져간다

만약 둘이 탄 시소를
뚝 세운다면
무엇이 되었다고
신나게 소리칠까?

유채윤 (살레시오초등학교 5학년 들반)

ㅓ (어)

밤새껏
감기로 열이 오른 아기

해열제를 먹이고
얼음수건으로 열을 식히는
엄마의 뜬눈 어린 정성에
열은 내려앉는다

아침이 되어
의사 선생님의 진찰을 받으러
엄마 품에 안겨 기다리는 아기

−열이 39도예요. 조금만 기다리면
차례가 되요.
간호사의 말

엄마 품에 붙어 있는
아기의 몸
가슴에 붙은
한 개의 불덩이.

ㅕ (여)

−쉿!
아빠 서재 방에
들어가지 말고 조용히 해야지.
아빠 승진 시험이
곧 다가오잖아?

기찬이는 엄마의 말에
고개를 끄덕인다
그래도 고개를 쳐드는 마음

−잠깐만 들어가서
아빠 품에 안기면 돼

두 팔 앞으로
가만 가만
아빠에게 다가간다

아빠는
나의 팔을
잡아주시겠지?

ㄱ(오)

짝꿍이 눈병으로
학교에 결석했어

어제 체육시간에
피구하다 말고 말다툼한
영준이 마음이
무겁다

화난 마음의 열이
눈으로 올라갔을까?

외롭게 책상에 앉은
영준이 마음
혼자 오똑 앉은 허전함에
괜스레 눈만 깜박거린다.

정다인 (살레시오초등학교 4학년 들반)

ㅛ(요)

선생님과 들판에 나가
현장학습을 하는
그림지도 그리는 시간

그림같이 예쁜 우리 학교가 있는
평화스럽고 조용한 마을

농촌 마을 그림지도를
서로 잘 그리느라고
친구들 모두 신났어

그림지도에
논 표시 'ㅛ'를
자꾸 그려 넣다말고
문득
누렇게 이삭 맺은

가을 논이
그려진다.

ㅜ(우)

토란잎 우산 위에서
낮잠 자던
아기 개구리

톡
톡
톡
떨어지는
빗방울 소리

−에구머니나!

그만
깜짝 놀라 깨어나
얼른 토란잎 우산
아래로 뛰어 들어간다

용케도 비를 피하는
아기 개구리.

이연서 (살레시오초등학교 1학년 들반)

ㅠ(유)

수채화 그림을 그리다 말고
그만 물감이 묻어버린
내 청바지

엄마가 깨끗이 빨아
빨랫줄에 널어놓았어
살랑거리는 바람에
조금씩 흔들리는 청바지

아무리 참으려 해도
피식피식 터져 나오는 웃음

그만 웃으라고
자꾸만 세게 손사래를 치는
청바지.

조승지 (살레시오초등학교 3학년 강반)

─(으)

파아란 하늘과
바다가
사이좋게 손을 꼭 맞잡고 있구나

아하!
그렇구나!
수평선은 바로
하늘과 바다가
한마음 되는 거로구나

우리 가족이
한마음으로
사랑하는 것 마냥

수평선처럼 사이좋게 손 맞잡고
'우리의 소원' 통일 노래를
부를 날이 언제일까?

통일이 된다면

그리워하던 이산 가족이 만났다가

다시 헤어지며

눈물 흘리진 않을 테니까.

이경연 (살레시오초등학교 4학년 산반)

ㅣ(이)

교실 문을 열려고
일찍 학교에 등교한
정훈이

운동장 구령대를
지나려는데
씩씩한 국기게양대가
말없이 인사를 한다

곧 국기를 매달고
힘차게 나풀거릴 준비를 하고 있는
우리 학교 용감한 지킴이

도덕 시간에
선생님이 보여주신 동영상!

총을 세워들고 휴전선을 지키는

국군아저씨는
멋진 우리나라 지킴이.

또옥 또는 인수 눈 속의 별

제3부

A(에이)

졸업식 내내
헤어지는 슬픔에
마음 아픈 웅이와 식이

중학교에 가서도
연락하여 만나면 된다지만
먼 서울의 특목고에
입학한 웅이를 만나기
힘들 것은 뻔한 일이야

어깨동무한 사진을 찍으면서도
머리 맞대고 두 손 맞잡고
서 있으면서도
자꾸만 가라앉는 마음.

B(비이)

일학년 귀염둥이 솔미가
예쁘게 그린
우리 동네
우리 집 그림

하얀 도화지에
회색 크레파스로
터억 세워서 그린
두 개의 산

초록색 옷을 멋지게 입혀서
세워놓은 산

하나는 아빠 산
다른 하나는 엄마 산
둘이 함께 있게 그려서
아빠 엄마는 항상
외롭지 않을 거야.

C(시이)

아흔 살이 넘은
우리 할머니

구부러진 허리로
앉아 있는 모습이
안쓰럽다고
오늘도 퇴근길 아빠의 손엔
바나나가 들려 있어

−어머니!
 이 바나나 천천히 드세요.

틀니로 움질움질 잘도 드시는
우리 할머니는
바로 우리 집 아가

낙타 등허리의 할머니를
떠받들고 있는
식구들의 사랑
우리를 키워주신

구부러진
할머니의 사랑.

이지우 (살레시오초등학교 1학년 들반)

D(디이)

작년에 돌아가신 할아버지는
호젓한 산속에서
쓸쓸히 누워 계시지

영락공원 묘지엔
모든 이들이
할아버지를 닮아
한 결 같이 누워 있지

추석날 성묘 때
가서 본 공원은
봉긋한 무덤의 산

할아버지 생각에
쭈빗거리며 밀고 나오는
눈물과 콧물

－할아버지도 봉긋한 공원보다
우리 집이 훨씬 좋을 텐데…….

E(이)

어젯밤 끙끙거리며 한
그림지도 그리기 숙제

논밭이 많은 땅을
빙 둘러싸듯
산이 많은 산골 우리 마을

그림 솜씨가 없는
인수의 이마에 송송 맺힌 땀

산(山) 그림을
초록색으로 그려넣는 일이
지루하지만 재밌기도 하지

시계가 자라며 재촉하지만
또옥 뜨는 인수 눈 속의 별.

F(에프)

―아빠!
저 소나무는 오래전
자기 아빠 엄마한테
크게 잘못했나 봐요
고개 숙이고 팔까지 들고 있는 걸
보면 알 수 있어요

―그러게 말이다.
고개를 끄덕이며
맞장구치는 아빠

저렇듯 오래도록
벌을 받고 있으니
얼마나 고개와 팔이 많이 아플까?
저 소나무는……

친구와 싸움한 날
고개 숙이고 팔을 들고
받은 벌 때문에
눈물이 쏘옥 나게 엄청 힘들었거든.

김주헌 (살레시오초등학교 6학년 들반)

G(지)

엄마 따라
시장 구경 나섰어

시장 입구 한쪽에서
허리 굽은 할머니가
좌판 대를 벌려놓고
떡을 팔고 있어

돌아가신 친할머니
정 많은 모습이 떠올라
눈물이 쏟아지려는 걸
꾹 참은 혜미

뜨거움이 가슴부터 차올라
목이 너무나 뜨거워!

초겨울 스산한 바람도
머리 허어연 할머니가

측은한 모양이야

웅크린 할머니
허리 펴주고 싶어 다가가지만
할머니 굽은 허리
바람 피해 더 굽어지네.

H(에이치)

통일열차가 달리는
소망을 안고 있는
키다리 철길은
참을성이 많은 아저씨

평생 누워서
무거운 기차가 오가게
도와주고 있는 걸 보면
알 수 있어

키다리 철길 아저씨는
친구와 손을 잡고
어려움을 이겨내고 있어

남북을 이어서 달리는
통일열차가 달리는 꿈을 꾸며
지금도
기——
다——
랗——

게——

철길을 만든 아저씨.

I(아이)

우리나라
머리끝에서 발끝까지
드문드문 서 있는
전봇대 전화

전화 줄을
연결해 놓고는

재미있는 이야기
신기한 이야기
놀라운 이야기
가슴 아픈 이야기

서로들 속삭이느라
하루 종일 심심하지 않을 거다

북한의 친구들에게
우리나라 친구들과 즐거웠던 이야기

많이 들려주면 좋아할 거야

통일을 기다리는 우리들의 소원
전봇대가 이어주면
꼭 통일은 우리 곁에 올 거라 믿어!

J(제이)

아빠가 던져준
낚싯바늘의 미끼를
털컥 물고
발버둥치며 붙잡히는 붕어

종일토록
낚싯대를 바라보며
앉아 있는 아빠를 생각하면
미끼를 잘 물어주면 좋지?

하지만
버둥대며 붙잡힐 너를 생각하면
제발 미끼를 물지 않길 바라는
희승이 두 마음

–붕어야!
미끼를 물지 말고
어서 멀리 도망가!

아빠 낚싯대가

제발 고장 나버리면 좋겠어.

고예림 (살레시오초등학교 6학년 들반)

K (케이)

뾰조쪽 돋아난
앙증스런 새싹

하늘 보며
두 팔 쫘악 펼쳐서
아침 체조를 하고 있다

−와! 따수운 햇살!

이제껏 땅속 엄마
품속에서 잘 자고 일어나
키 클 준비를
시작하고 있구나

−소중한 화초들의
키 크는 소리가 들려!

엄마 귀에는
우리들 키 크는 소리도
슬며시 들려오나?

이명빈 (살레시오초등학교 6학년 들반)

72

L(엘)

엄마는 네 다리도 없는
앉은뱅이 의자를
왜 그렇게 좋아하지?

틈만 나면
응접실 원목 탁자에 앉아
시를 쓰는 엄마

그 의자에 앉으면
시의 실타래가
솔솔 풀려나올까?

앉은뱅이 의자는
시의 마음을 샘솟게 만드는
시의 샘일까?

M(엠)

퇴근하는
아빠 발소리에
쫑긋

시장 다녀오는
엄마 발소리에
쫑긋

학교 갔다 오는
누나 발소리에도
쭈빗

태권도 학원에서 오는
철이 발소리에
쫑긋 쫑긋 쫑긋

진돗개 진돌이
쫑긋한 두 귀.

한신소 (살레시오초등학교 4학년 들반)

N(엔)

N극은 N극끼리
서로 만나면
톡 등을 돌리지

N극에게 S극을
만나게 해 주면
그만 철썩
껴안고 말지

눈도 귀도 입도 코도
달리지 않았는데
어떻게 그리도 잘 알지?

아마도
네 머리는
나보다 훨씬 영리한가 보다
네가 부럽다.

O(오)

둥그런 해의 마음이
활활 불타고 있나 보다

세상의 많은 어린이들을
뜨겁게 사랑하기 때문에
그토록 뜨거운 모양이지

그래!
밤마다 바다에 풍덩 빠져
뜨거운 열기를 식히나 보다

만약에
밤마다 해가
차가운 바닷물에
목욕하지 않는다면
너무나 뜨거워서
다 타버리고 말 거야.

P(피)

와!
와!
와!

1학년 귀염둥이들
와글와글 달려간다
쪼매한 손으로
자꾸자꾸 던지는
콩 주머니!

팡!
청군 장대에 매달린
바구니가 먼저 입을 벌리고
자잘한 색종이 웃음을
쏟아내었다

퍼엉!
안간힘을 쓰며 던지는

고사리손의 콩 주머니를 맞고
백군 바구니도 큰 입을
벌리고 웃고 말았다.

김정민 (살레시오초등학교 5학년 강반)

79

Q(큐)

조금씩 다가오고 있는
학예회 발표 시간

바싹바싹
타들어가는
진석이 마음

큰북에 걸린
큰 채를 바라보며
길게 숨을 들이쉬고

둥
둥
둥
울려오는 큰북 소리
두근거리는 마음에는
벌써 연주가 시작되었다

바르르 떨리는
북채를 들려는 손.

배수빈 (살레시오초등학교 3학년 산반)

R (알)

아파트 화단에
새로 심은 백일홍 나무

처음 이사 와서
친구를 새로 사귀어야겠지?

그동안
백일홍 나무가 외로울까 봐
지지대 친구가 받쳐줬어

도와준 친구를
참 고마워할 거야
생각이 깊어진 나무.

S(에스)

꾸불꾸불
비 오는 날 운동장에서
흘러가는 빗물

신바람 난 지렁이
요리조리 허리 비틀며
빗물 따라 기어서 간다

퐁
퐁
퐁……

떨어지는 경쾌한 음악 소리 들으며
구불렁 구불렁
강물 찾아
흘러내려가는 시냇물

여유 있는 착한 마음이
세상을 바꿔가지.

손혜원 (살레시오초등학교 3학년 강반)

T(티)

대학교 건축과에 다니는
사촌 형 집에 놀러갔지

－재민아,
형 방에 가서 놀자

－이건 제도판이야.
건물을 설계할 때 사용해

재민이 눈엔 모든 게
신기하기만 하다

가장 마음에 드는 건
커다란 티자

나도 얼른 커서
형처럼 건축과에 들어가
특별한 집
티자로 마음껏 그리는
건축가가 되고 싶어!

U(유)

-온도계 눈금이
자꾸만 올라가네?

온도계의 빨간 눈금을
손으로 움켜잡고 소리치는
장난꾸러기 진우

-얘! 오늘 우리 모둠의
과학 실험은 망쳤어!

여우 눈으로 흘겨보며
쏘아붙이는 희정이

-온도계의 매끄러운
느낌이 그만 최고인 걸.

속으로 고소한 진우 마음에

깨가 쏟아진다.

V(브이)

-모두 예쁘게 웃어요.
김치──

가을 소풍 날
학급 기념 사진을 찍어주는
선생님도 김치──

찰칵!
빨간 단풍나무와
노오란 은행나무를 배경으로
반 아이들의 웃음도
함께 찍혔다

아이들 꿈의 승리를
원하는 브이
귀여운 손끝마다
함께 박혔다.

신승희 (살레시오초등학교 3학년 강반)

W(더블유)

아빠 엄마가
모임에 나가신 날은
쌍둥이 형제가
집 보는 날

엄마는 걱정이 되었는지
몇 번 주의를 준다

불을 끄고 커다란 손전등을
켜놓고 하는
재미있는 그림자놀이

나비를 만들다 말고
금방 만들어보는 'W'
깔깔거리는 형제의
보글거리며 피어나는 미소.

X(엑스)

아침 독서 시간
조용……
책상도 책 읽는 시간

아침 회의에 가신 선생님이
안 계시는 교실엔
책장 넘기는 소리만 속살대고 있어

장난꾸러기 우석이가 있는 모둠이
그만 'X' 밑에 적혀버렸어

남아서 한자 쓰기를 해야 하는
친구들의 흘겨보는 눈초리에
근질거리는 우석이 뒤통수

칠판에 적은 반장 얼굴은
꼭 청개구리야.

Y(와이)

−할아버지!
새를 맞혀보고 싶어요

−고 녀석!
그런데 맞힐 수가 없을 텐데······

껄껄 웃으시며
할아버지가 만들어준 새총

아무리 새총으로
새를 맞춰 봐도
계속 빗나가기만 하네요

여름방학 내내
새총 쏘기 연습을 하면
맞출 수 있을까?

머얼리 머얼리

던져버리고 싶은
얄미운 새총.

Z(제트)

날씬한
여대생 큰언니

뚱뚱한
여고생 둘째언니

집에 놀러온
엄마 친구의 칭찬에
열 오른 둘째언니

밤마다
뱃살 빼기 체조를 하지 뭐야?

무릎 세우고 앉아
고개 숙여 양손 쭉 뻗고 있는
둘째언니

꼭 벌 서는 아이 같아

터져 나오려는 웃음
간신히 참는 마음
파앙 터질 것 같아.

동시 속 그림

그림은 살레시오초등학교 학생들이 그렸습니다.

김현진 (6학년 산반)

이주송 (6학년 산반)

김시연 (6학년 산반)

박서영 (6학년 산반)

최훈비 (5학년 들반)

김민주 (5학년 산반)

유채윤 (5학년 들반)

정다인 (4학년 들반)

권혜선 (3학년 강반)

이연서 (1학년 들반)

조승지 (3학년 강반)

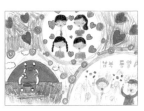

이경연 (4학년 산반)

최지윤 (5학년 들반)

이지우 (1학년 들반)

김주헌 (6학년 들반)

이수연 (6학년 들반)

고예림 (6학년 들반)

이명빈 (6학년 들반)

한신소 (4학년 들반)

강예은 (5학년 강반)

김정민 (5학년 강반)

배수빈 (3학년 산반)

손혜원 (3학년 강반)

신승희 (3학년 강반)